KB207726

제주의 시 쓰는 날들: 가을 그리고 겨울

치유되는 가을 그리고
기다리는 겨울을 시작하며

　제주의 가을과 겨울을 걸으며 느끼는 감성들을
고스란히 시집에 담아보았습니다. 제주의 가을엔 어
디를 가든 저절로 깨닫고 치유되는 경험을 하게 되
고, 제주의 겨울엔 잠시 멈추고 고요한 시간을 보내
기도 합니다. 제주의 가을과 겨울을 여행하는 마음
으로 함께 시집을 읽다 보면 어느새 스며드는 치유
와 깨달음, 차분함과 기다림의 미학을 느끼실 수 있
을 거예요. 일상의 고단함을 내려놓고 제주를 여행
하는 마음으로 잠시 휴식의 시간을 가져보세요.

당신을 맞이하며
김용희

차례

2부

기다리는 제주의 겨울

당신이 살아 있다는 것은

호흡을 깊게 하고

숨을 들이마실 수
있다는 걸 아는 것

1부

치유되는 제주의 가을

가을 산책

사랑하는 이와
함께 가을을 걸어갑니다.

우린 가을을 걷는 것 같지만
함께 인생을 걸어갑니다.

걷고 걷고 걸으며
함께 행복을 나누고
서로의 세상을 나누고
그러다 따가운 세상에서
살며시 온기도 나눠봅니다.

맨발 걷기

내 발이 흙을 만나는 순간
내 몸은 0볼트가 된다.
내 몸아, 다시 살아나라!

초심

돼도 그만 안 돼도 그만인 것들도
욕심이 붙으면 힘겨워진다.

어차피 마음 비우고 시작한 것들

그 마음 그대로 유지하면서
새로운 경험으로
행복하단 마음만 낼 수 없을까?

가을에 핀 개나리

너의 잘못 아닌 걸 알아
너는 그럴 수밖에 없었던 것도.

나는 네가 예쁘기만 한데
너는 왜 아무것도 못 하고 울고만 있어?

울 필요 없는 일에 마음 쓰지 말고
부디 한 시절 한가득 꽃 피우고 즐겁게 지내봐.

가을 나비

너의 궤도에서 벗어나
눈에 보이지 않는 것을 좇아서

머리로 다 이해되지 않는 것이라 해도
느낌대로 한 번 가보는 거야.

희망이 보이지 않으면
그 자리에 있는 것보단

자신을 믿고
한 번 움직여 보는 게 나을지 몰라.

어쩌면 네가 날아오를지
그건 아무도 모르는 거잖아?

세상이라는 놀이터

누군가는 사랑을 찾고
누군가는 복수를 찾고

누군가는 자신을 찾고
누군가는 자신을 잊고

누군가는 자신을 부수고
누군가는 타인을 부수고

저마다의 놀이로 바쁜 이 세상에서
당신은 과연 무엇을 찾고 있을지…?

당신의 인생

당신의 인생은
되고 싶은 누군가를 연기하는 걸까?

아니면
원하는 삶을 살고 있는 걸까?

치유

치유라는 건 작은 것에 감사할 줄 알게 되는 것

매일 먹는 밥에 감사할 줄 아는 것
차 한 잔을 오롯이 마실 수 있는 것
이웃이 주는 감귤에 감사할 줄 아는 것
웃으며 건네는 인사에 웃으면서 보답할 줄 아는 것
누군가 거는 대화에 여유롭게 대답하게 되는 것
도울 수 있다면 작은 배려를 건넬 수 있는 것

당연하단 생각에서 벗어나
일상의 소중함을 알게 되는 것

Inspiration

영감은
눈으로 보이는 아름다운 것에만
있는 것이 아니다.

당신의 마음이
두근거릴 수 있다면

그 안에 무한한 창조적 에너지가 숨어 있다.

현명한 인생

바람이 불면
바람에 몸을 맡기고

저항을 줄여야
현명한 인생 아닌가?

누군가에게 기대야 할 때

언젠가 당신이 너무나 힘들다면
아무 말이나 해야 합니다.

바람 따라 이야기를 흘려보내야 합니다.
들꽃 풀꽃이 되어야 삽니다.

깨달음

언젠가 당신이 오시면
나는 행복해질 줄 알았어요.

내가 어떤 누군가가 되면
나는 행복해질 줄 알았어요.

내 마음 안에
당신이 와 있다는 것을 모르고….

살아가는 이치

그렇게 먼 곳에서 찾지 말고
그냥 자신을 바로 보면 되는 거였다.

그렇게 미워하지도 말고
그렇게 비난하지도 말고

그냥 그렇게
나랑 친해지면 되는 거였다.

없는 걸 찾으려 애쓰지 말고
내가 가진 능력을
잘 쓰면서 살면 되는 거였다.

세계관

누군가 당신에게
어떤 세계관을
갖고 사냐고 물어 온다면
당신은 뭐라고 대답할 겁니까?

생각해 볼 필요가 없지 않나요.

그 사람이 당신 눈에 어떤 사람으로 보입니까?

그 모습이 당신의 세계관 아닐까요.

삶의 균형

삶이 균형을 잃었다면

집착하고 있는 것을 놓아버리고
놓치고 있는 것을 바라보면

한쪽만 혹사하고 사는
나를 발견한다.

걷기와 무게

걷고 걷고 또 걷고 있는데
머리가 자꾸 아프단 말이지.
대체 뭐가 문젠지 모르겠단 말이야.

저항을 이기는 방법은
마냥 걷는 게 아닌데
나는 흘러 흘러
그냥 계속 걸었단 말이지.

예쁜 모양은 행동해야 만들 수 있고
얇은 모양은 비워져야 만들 수 있고
가벼워지는 힘은 흐르는 게 아니라
내가 강해져야 하는 걸 몰랐을 때 말이야.

근육 운동

무게를 견딜 수 있을수록
당신의 삶은 가벼워집니다.

무게를 견디는 법을
모른 채 살고 있다면
당신은 당신의 인생에서 무엇을 찾고 있는지부터
생각해 봐야 합니다.

당신이 찾고 있는 것을
삶의 현실로 가져오는 것은
당신이 이미 갖고 있는 것을 쓰면서 살겠다는
그 마음에서 출발합니다.

두 발을 단단히 땅에 붙이고
내가 갖고 있는 것을 쓰며
삶의 무게를 견디겠다는 마음을 내는 순간에
당신은 삶을 좀 더 쉽게 살아갈 수 있습니다.

한결 가벼워진
자신의 인생을 느낄 수 있습니다.

솔방울

너는 꽃이나 솔방울이냐
너는 무엇이 되고 싶으냐

흉내 내면 그것이 될 것 같으냐

아니라면 한 번쯤
네가 무엇인지
세상을 향해
말해 보지 그러냐

삶의 행복

손에 쥐어야 행복한 거야?
손을 놓아야 행복한 거야?

난 아직도 모르겠단 말이지.

큰 사랑의 힘

나는 네가 이 세상에 두 발을 착 붙이고
당당히 서길 바란다.

나는 네가 이 세상에
네 이름으로 온전히 너이길 바란다.

나는 네가 물속으로 들어가지 않고
안전한 길을 걸어 집으로 돌아가길 바란다.

나는 네가 가지고 있는 그 큰 힘을
언젠가 깨닫게 되길 진심으로 바란다.

익숙하지 않은 것을 배울 때

이눔아,

잘하든 못하든
너도 한번
하려는 마음을 내보면 좋겠다.

타고난 재능

가끔 타고난 재능은 나를
아프게 할 수도 있다.

남들과 다르기 때문에
절대 똑같이 살 수 없기 때문에

세상을 즐겁게 탐험하며
현명하게 어울려 사는 길은

나에게 힘이 있다는 것을 알고
그 힘을 써야 할 때와 아닐 때를
잘 구분하며 사는 것.

전문가로 산다는 것

실력이 있다는 건
그 분야에 두려움이 없어진다는 것.

남들보다 빠르고 정확하게 해 낼 수 있다는 것.

해본 적 없으면서
잠깐 스치는 생각만으로
마음을 아프게 하는 사람은

그가 사실은
자신이 잊힐까 봐
속으로 무지 겁먹고 있다는 뭐 그런 것.

고난을 극복하는 우리의 자세

살다 보면
고난이 없는 사람이 어딨겠어?

없는 것도 재미없지!

운을 모으는 법

불행의 조각을 모으는 사람은
습관처럼 불행을 찾고

운의 조각을 모으는 사람은
습관처럼 행운을 찾는 데

밑져야 본전이니
속는 셈 치고
함께 말해볼까?

운이 좋다
운이 좋다
운이 좋다

이렇게라도 해보기 싫다면
당신에게 행운은
너무 먼 이야기겠지….

당신이라는 예술

인생은 동전의 양면을
아슬아슬 타고 달리는 것과 같아서

당신이 더 밝은 쪽을 택할 때
비로소 당신이라는 예술이
세상에 나올 수 있을 것.

판도라의 상자

당신이 기대하지 않은 일이
폭풍처럼 휘몰아칠 때
때론 아무것도 할 수 없겠지만,

한 가지 분명한 것은

세상이 당신을
또 다른 곳으로 데려다주려는 것.

2부

기다리는 제주의 겨울

제주 무

안녕?
제주 무
고놈 참 야무지고 단단허니
똘망하게 생겼다.

너는 약으로 쓴다더니
맛이 정말 다르구나.

한번 먹어보면
내 평생
다른 무는 못 먹겠네.

유자차

마음이 감기에 걸렸을 때는
당신에게 유자차가 필요합니다.

마음이 산성이 되어버리면
당신에게 유자차가 필요합니다.

마음이 자꾸만 곪아버리면
당신에게 유자차가 필요합니다.

목표 이루기

바게트는
한 번에 먹을 수 없지만,

자르고 부수면
먹을 수 있지.

목표를 이룬다는 것은 그런 게 아닐까?

큰 바게트를 먹어보겠다는
그 마음만 낸다면
뭐든 먹을 수 있는 것.

다이어트에 실패하는 이유는

배가 고픈지

마음이 고픈지

알 수가 없어서….

귤나무

겨울엔
숲이 잠을 자고
나무는 숲과 함께
겨울을 이겨 낸다.

돌밭 귤은 악착같이 혼자 버텨서
당도 농축 최대치의 귤을 키우고
약해진 채 때로는
그렇게 죽어버린다.

귤나무야,
겨울엔 자꾸만 무얼 하려 들지 말고
한 번쯤은 이 인생
함께 버티며 살아도 되지 않겠냐?

질문

겨울엔
자꾸만 네게
내가 살아 있다는 걸
확인받고 싶어진다.

매섭고 시린
추위에 내가 무너졌는지
확인할 방법이 없기 때문에

얼어버릴까 두려워
마음속이 이미 울부짖고 있기 때문에

삶

생각해 보면 내가 왜 살아있을까?
죽어있는 게 당연한 세상에서 말이야.

손과 발과 머리와 입으로
생생하게 끌어내서 지나간단 말이지.

흐르는 것들을 잡으려 하다 보면
미련들만 가득 쌓여버리고
작은 몸에 아등바등 구겨 넣어서
바득바득 악다구니만 쓰다 가는데,

오늘은 한 번 자신에게 묻는 게 어때?
세상이 왜 너를 살려줘야 한다고 생각해?

Jazz

재즈가 좋다는 너의 말에
호기심에 한번 들어 보았다.

성냥을 켠 듯한 따뜻함에
내 기분도 좀 나아지는 것 같다.

아마도
네가 다시 돌아올 때까지
내겐 재즈가 필요할 거다.

혼자라는 생각

그 기억은 괴롭고 아프겠지만
그렇다고 모든 게 끝난 게 아냐.

괴로움이 많은 걸 덮었지마는
그래도 멀쩡히 숨 쉬고 있단 걸 잊어선 안 돼.

너만 힘들다 생각했어도
이쯤 살아보니 너도 알잖아?

겨울엔 우리 모두 그렇다는걸.

숨바꼭질

나는 너를 찾고 싶고
너는 나에게 들킬까 두렵다.

버림받은 건 너인지 나인지.

오래된 상처

해가 뜨니 마음이 낫는 것 같다.
내가 들어야 할 말을 들었을 뿐인데
사실은 그 말이 너무 아팠던 거다.

추운 겨울이 무서워서
두렵다는 마음을 냈을 뿐인데
그 말이 네 모습 같았나 보다.

아니라고 하지만
너도나도 사실은
차갑고도 시린 겨울이 미치도록 두렵다.

겨울 새벽길

언젠가 이 새벽에
이토록 강렬하게 널 원한 적이 있었던가?

한 시간
두 시간
뒤척여도 널 잡을 길 없고

머릿속 떠나지 않는 네 생각에
어쩔 수 없이 옷을 입고
길을 나섰다.

깜깜한 어둠.
아무도 없다는 두려움.
간간이 보이는 불빛만이
아주 작은 위안이 되어주고,

어쩌다 스치는 타인의 느낌은
나를 깜짝깜짝 놀라게 하는 데,
저 사람이 너일까?
아니, 차라리 저 사람이 너였으면

너의 향기를 따라
이젠 볼 수도 없는 너를
하릴없이 찾고 있는
겨울 새벽길

숲의 보이차

낯선 이가 내게
보이차를 건넨다.

평소라면 마시지 않았겠지만
겨울 숲에 온기가 부족했기에
생명수라 생각하고 받아마셨다.

작은 찻잔 한가득
넘치는 정이
잠시나마 겨울을 녹여버리고

하얀 얼굴 머금은
함박웃음은
서로 닮은 우리를 확인시키고

겨울 숲이 너무나도 신비로워서
찻잔을 돌려주기 아쉬웠지만
온기가 남아있는 작은 찻잔에
행복을 빌어주며 돌려주었다.

살다가 내 모습이 궁금한 날엔
보이차 한 모금이 필요할 거다.

로제트 식물

너의 숨구멍은 어디에 있느냐?
나는 땅이 좋아서 땅에 착 붙는다.

겨울을 견디려 숨죽여 살다 보면
어쨌든 이런 경험은 세포에 새겨진다.

결국 살아 낸 것은 초록색
살려고 발버둥 치는 중인 것은 빨간색
노란색은 이미 죽은 것들

내가 언제 이 겨울에
이리도 열정적일 때가 있었는가?

너는 어차피 밟으면서 관심도 없다.
삶에 도움이 안 되는
그런 흔한 잡초에게

내가 살아내려고
최선을 다하고 있는 것은
꿈에도 모르고.

발버둥

한 번 접촉에 만족이 안 되면
어떻게든 이겨보려 난리 난리를 친다.

너는 너라도
너는 너여서
너는 너니까
그게 다 괜찮은 건데

왜 자꾸 잊어버리고
순간을 잡으려 발버둥인지.

너의 인생

누가 잘라 버렸니?
너의 인생

죽지 않고
용케 버티고 있구나.

네가 왜 살아야 하는지
죽도록 생각하고 있구나.

삶의 의미

당신이
삶의 의미를
알고 싶다면

스스로에게
물어야 합니다.

나는 세상에 무엇을 줄 수 있는가?

당신이 슬플 때

슬프면 그냥 슬퍼하십시오.
누가 죽은 것처럼

그래야 당신이 살지 않겠습니까?

너의 빈자리

이제 좀 견딜 만해.
네가 없어도

이렇게 한순간도 너를 잊을 수가 없는 건
너의 빈자리 때문일까?
아님, 추운 겨울 때문일까?

모두가 원래 그런 게 겨울이라 하지만

내가 유독 이 겨울을 춥게 느끼는 건
따뜻했다가, 시렸다가
기뻤다가, 슬픈
너 때문일 거야.

아래를 보지 못하는 새

어느 날 새 한 마리가
아파트 공동 현관 입구에 갇혔다.

천장과 벽은 막혀 있었지만
바닥은 뚫려 있었는데

그녀는 아래를 보지 못하고
사방의 막힌 벽을 따라
계속 같은 곳만 왔다 갔다 맴돌고 있었다.

사람들이 자유롭게 다니는
통로를 한 번이라도 내려다보았더라면
어쩌면 그곳에서 쉽게 빠져나올 수도 있었을 텐데

걷는 건 자기 일이 아니라 생각해서일까?

그녀에게 자유는
죽음보다 더 먼 곳에 있는 것만 같았다.

저러다가 죽으면 어떻게 해?

휘파람을 불어 그녀에게
아래쪽으로 나와보라고 말해보기도 했지만,

아마 새로운 방식으로 나가는 생각보다는
늘 하던 대로 날아가고 싶어서 일지
그녀는 결국 스스로 아래를 보지 못했다.

안타까운 마음에 반나절
또 반나절
아무것도 못 하고 우왕좌왕하던 나는

쌀이라도 뿌려서
아래를 한 번 보게 해주고 싶었었지만,

혹시라도 그게 그녀를 더 두렵게 하고
어떤 면에서 더 괴롭게 하는 건 아닐지
주저주저하다가 결국 아무것도 하지 못했다.

죽음 가까이에 이르러
생명이 끊어질 듯 탈출하는 그녀를 보면서

어쩌면 우리도 지금
그녀와 같은 삶을 살고 있는 건 아닐지

어쩌면 모두 같은
모습일지 모른단 생각이 잠시 스쳤다.

당신을 소중히 다루는 능력

언젠가 우주가 무너지는 날
당신은 깨닫게 되리니.

그 경계는 자신이 치열하게 지켰어야 한다는 걸.

자신이 얼마나 소중한 것을
가지고 있었는지
한 번쯤 생각할 줄 알았더라면

당신은 지금 울지 않을 수도 있었을 텐데.

너라는 알레르기

너의 사랑은
지긋지긋하리만큼
내 눈에 박혀서
지독한 알레르기를 일으킨다.

눈가를 비비면 비빌수록
그리움은 커지고
미칠 것 가려움 때문인지
내 마음은 점점 더 부어오르고

그리우면 그리울수록
지우지도 없애지도 못하는
지독히 간질간질하게
내 심장에 박힌 너라는 존재.

겨울에 부르고 싶은 단 한 사람

모든 게 정상이라는데
너 없는 겨울은
왜 비정상인 것만 같을까?

새초롬한 추억이 심장을 콕콕 찌르고
가시 박힌 관 속에 들어 있는 듯한 통증에
난 해 뜰 때까지 버티는 중이란 걸
지금 너는 알고 있을까?

언제나 햇살 같던
내 기억 속에 넌
아직도 날 마주하며 웃음 짓는데

만약 무의식을 움직일 수 있다면
생에 다시 불러오고 싶은 단 한 사람은
내겐 오직 너일 거야.

과거의 나에게

과거의 나에게서 전화가 걸려 온다.

지금의 내게 미안하다는 말에
잠시 동안 가슴이 먹먹해졌다.

고마운 건지 미안한 건지
혼란스러운 생활 속 중심 잡기에
옳고 그름이 하나둘 선명해지고

나 자신으로도 괜찮다고 수없이 말해주었던
지금의 내가 우뚝 서길 응원했던 과거의 나에게

가끔 실수도 했었겠지만
지금 나를 만든 건
틀림없이 모든 게 당신이라며

틀을 깨고 나온 용기와
힘찬 발걸음에 찬사를 보낸다.

The Moon Card

자신을 잊고 누군가를 따라
흙탕물 속으로 들어가는 그대에게

참 이상도 하지?
너는 어쩌다가 자신을 잃어버리게 되었을까?

무엇이 당신에게
자신보다 소중한 것을 만들게 했을까?

반짝반짝 소중한 그대여
부디 쉽게 잊지 말아 줘.

고개를 들어 하늘을 본다면
스스로 한 번쯤 알게 될 텐데

언젠가 살다가 내 말이 들리면
부디 한 번쯤 생각해 봐줘.

캄캄하고 안개 낀 숲에서
홀로 걸어가는 느낌이 싫어
웅크리고 그를 따라가는 당신은

어쩌면 사랑에 목마른 선한 사람일지도

당신은 진정 한 사람의 빛이 아니라
세상의 빛이 될 사람이었을지도 모른단 것을….

칼의 춤

세상이 당신에게
큰일을 맡기려 할 때

당신의 칼춤이
진실한지 아닌지를 확인할 것.

그 몸짓이 무슨 뜻인지
당신 자신이 가장 잘 알 테니까.

생의 마지막

어느 선까지
자유로울 수 있는지
그건 세상이 정하는 건 아니지.

달리는 시간에 몸을 맡기고
흔들리는 마음을 바로 세우고
어떤 생을 살아갈지 당신이 정한 방향에 따라
흐름을 타고 달려 나가면 그뿐.

어쨌든 굴레에서 벗어나긴 힘들겠지만
당신 생의 마지막이
그 성적표를 전해 줄 것.

제주의 시 쓰는 날들: 가을 그리고 겨울
ⓒ 김용희

발행일
2025년 2월 25일

지은이 김용희

사진 이희경, 김용희, 권서진, 김성수
표지 김용희, 이희경
일러스트 권서현
편집.디자인 김용희

발행처 달책방
발행인 박주현
출판등록 2022년 06월 23일 제2022-37호
전자우편 moonbookbread@gmail.com
대표전화 064-782-4847
등록주소 제주특별자치도 제주시 구좌읍 대수길 10-12

정가 10,000원
ISBN 979-11-94170-01-3 02800